歌集

夏の庭

藤井征子

現代短歌社

目次

I

Ⅱ

Ⅲ

夏の庭

I

屋根の雪

門ひらくときに触れたるコムラサキ実の粒は跳ぬ煉瓦の上を

小雨降る梢《うれ》の粒実のコムラサキひとつひとつに雫をたもつ

木苺の青き実のつく枝見むと引き寄せたれば意気地なく折る

描かむとひまはりの花に寄りて見つ横よりをまた後ろより見て

夫の背のぬくもりを背にまどろめりずり落つる屋根の雪を聞きつつ

戻り来て見れば餌箱《ゑばこ》に身を丸め栗鼠眠れるよさびしきさまに

今日にして五十四歳のわたくしは紫陽花の花咲くに佇む

パンドラの箱の底なる残りもの捜すがごとく五十路を生きむ

南《みんなみ》の空に輝く星ひとつ寝ねて見上げつ雨戸を開けて

軽井沢茶房のテラスに夫と居てフクシアの花を指に揺らしぬ

わが犬はいかなる夢を見てをらむ昼寝をしつつ尾を振る犬よ

母よ

名前さへ忘れはつれどわが顔をみつめて母の眼《まなこ》のうるむ

久々に語らふ姉妹が傍へにて母も笑へりもの分かるごと

ごめんねと仰ぐ面《おもて》を老い痴れし母はうなづきつつ見つめたり

苦しみも恨みもすべて忘れしか笑みてくれたる母ありがたし

握りしむる指伸ばさむとわれの手に包みてさすれば痛いと言へり

つなぎつつ揺り動かして唄ふ手を離さじとする母いとしけれ

花の名も忘れて老い痴れたる母よ桜の散るを眺めて居れど

母の目尻ぬぐひやりにき窓の外《と》はのうぜんかづらの花ゆらぎつつ

ふきの薹

行き過ぎて眼《まなこ》に残る早緑《さみどり》はふきの薹なりみぞれの道に

わが娘帰らむ夏に咲かすべく金魚草の種を播きゆく

毬投ぐる腕の仕草に走り出づわが犬なればいと愚かにて

亡き友の夫たりし人の賀状にて再婚せりと添へ書きのあり

高窓を朝の日ざしが入り来て照るひとところ階段なかば

クリスマスローズうつむき揺るる花見むと小道にわが蹲《うづくま》る

土埃吹きあぐる風に真向かひて自転車を漕ぐ輪の影見つつ

旅支度する足もとにわが犬はくはへしボール遊べと落とす

海峡

深々と青空映す水たまり跨がむとして心怯《ひる》めり

夏暑き坂道のぼるパラソルを海峡の風浮かせつつ吹く

子と知りて見つむるしばしうつつにて老いたる母の眼《まなこ》の滲む

病室を離れ来たりて樹の下に夏を限りの蟬の声聞く

今日の日をわれの帰ると知りたるか母の眼に涙滲《し》み出づ

家の跡周りて残るレンガ塀幼きわれには高かりしものを

母とわれと並び凭れて海を見しレンガの塀も古りにけるかな

面会を終へて扉を出でたれば今宵の月のふくらみ増せり

ひと知れず涙をこぼす空間を運びつつゆく夜の電車は

帰り来て黒ネクタイを外す子のかたき背中よ窓の外《と》見つつ

仔猫連れて網戸の外に猫が待つ今朝やる餌はふやしてやらむ

窓の木蓮

冬日射す薔薇の蕾のふくらみて触れよ触れよと誘《いざな》ふごとし

娘《こ》と歩む哲学の道の桜の木明日には咲かむ空を覆ひて

見下ろしの欅を揺する風恋し仮の住まひにわれ移り来て

わが家の竣《な》りつつあれど鉢植ゑの秋明菊もなでしこも枯る

二階までとどける窓の木蓮の硬き青葉を両手に包む

自転車に巻き付きて咲く朝顔をほどきてスーパーマーケットまで

湯面に朝の榎の梢《うれ》の影さゆらぎやまずわれのめぐりに

露天湯に抱《いだ》かれて乳をくくみつつ仰ぐまなこは空映すごと

どんぐりの帽子の付くを二つほど拾ひあぐれば掌にあたたかし

けむりの木といふ一尺の苗木あり紅葉せる葉の五枚が付きて

門灯に石蕗の影長く置く旅より帰り来たりし庭に

もくれんの白

休日を走る電車のわが膝を冬の朝日が温めてゐる

老犬の肢を伸べたるその寝ざま高窓に射すひかりは照らす

はるかなる痛み滲むがごとくにてもくれんの白揺らぎやまずも

哀しみのよみがへりきてもくれんの白見つつをりわれは窓辺に

白もくれん花びらほどけ垂れたるに小雨混じりの風渡りゆく

わがドアへ続く煉瓦の道ぬれてその赤を踏み友だち来たる

柵《しがらみ》と見ゆればレースのカーテンを開け放ちたり五月の窓を

わがカップ欠くる夢より覚めて見つ窓に広がる楓の芽吹き

わが夢に犯しし罪は重くして洗面台の山梔子にほふ

透明のビニール傘に雨弾む銀杏青葉の下道行けば

悪しざまにそれぞれ夫を言ひなして姉妹三人昼の宴す

もろもろを取り出したる冷蔵庫専業主婦の虚《うろ》のごとしも

庭に下り青紫蘇の葉をわれは摘む昼餉の麵をかぐはしくせむ

花火見に行く子の帯を結びやり子も吾も汗垂りし去年は

下弦の月

エジプト　一九九九年十一月

目の前に下弦の月の迫りきぬあこがれて来しエジプトの地に

朝の日のさして砂漠のスカラベの歩みの跡に陰を作れり

まとはりて来る子供らの輝く目ひと日の糧《かて》に人形売ると

蓮

中国（九寨溝、黄龍）二〇〇〇年十月

ラマ寺のガイドの少女あいらしきひたむきに述べて鼻に息吸ふ

蒸し暑き杜甫草堂に蓮《はちす》咲く大鉢に咲くその花の白

遅発待つ雨の成都の機内にてスチュワーデスは茘枝《ライチ》食みをり

イタリア二〇〇二年一月

黒衣

運河なる水の面を朝日子の紅揺らしつつ乗合船《ヴァポレット》ゆく

サンダルの素足に石の坂を行く修道僧の黒衣なびきて

星の砕けて

木の間より光のさして曼珠沙華赤きひかりの和らぐところ

銀杏の落ち葉踏みつつ歩みゆきわれとわが犬足音温《ぬく》し

曳く犬の喘ぎて歩み遅れつつ曼珠沙華咲く細道をゆく

去年《こぞ》植ゑし球根いくつ持ち上げて霜柱立つ庭の黒土

凍る夜の草生の上に瞬くは星の砕けて散りたるものか

十三夜月

目脂付く眼は閉ぢてこの仔猫わが手のひらのうへに軽しも

手のひらに猫の仔かろし鳴く声の間遠になりて眠れるらしも

猫の仔の寝息を聞けばわが腕に預けし頭《かうべ》あたたかきかな

迷ひ子の仔猫を抱きて寝かせつつ十三夜月窓にし上る

わが足を追ひ疲れしか猫の仔はスリッパに縋り眠り込みたり

母猫の銜へて去りしこの宵の月のほとりに赤き星見ゆ

掬ふごと仔猫銜へて去り行けり秋海棠の花を散らして

十五夜《じふごや》月の光さまねしいづこにか乳を吸ふらむ野良の仔猫は

レイラ十二歳　二〇〇三年四月十四日

薄紅のクレマチス透く窓かなし今朝すでに亡きわが犬レイラ

傍らにわが犬の無きこの朝も菜《さい》をひとくち残して置けり

葬らむとわが掘りあぐる湿り土たちまち乾く昼の陽ざしに

わが犬の墓に植ゑたるそよごの木春の嵐に泣くごとく揺る

わが犬の墓の線香吹き流すそよごの若葉揺らせる風は

虚ろなる眼《まなこ》はなてば三つばかりやまぼふし咲く青葉が上に

翼得て亡き犬還り来たれるか窓にはばたく揚羽蝶《あげは》のひとつ

子を叱る声を見上げてわが犬の眼《まなこ》に問へば口噤みしを

パンジーの花殻を摘む傍らにふと振り向けどわが犬は無し

曳きし犬逝きてひとりの散歩道すでにし薔薇の盛りは過ぎぬ

胡瓜刻む音にめざめて足元に待つわがレイラ永久《とは》にあらずも

わが犬の魂《たま》を運ぶか黒揚羽蝶《くろあげは》窓辺にわれを誘《いざな》ひて去る

影が行く

正座しておむつ替へ居る若き母ぬかづくごときその後姿《うしろ》見ゆ

萩焼の急須の渋などみがきをり青葉の光射すキッチンに

シクラメン衰ふるなく咲きつぐをうとましと思ふ朝の窓辺に

梅雨寒の雨細く降る電線に雀ふくれてひとつ動かず

一万歩に今日は足らねば歩数計付けて夜更けの道へ出でゆく

青空へ噴水上がるそのほとり横切りて行く喪服のわれも

秋日さす道のおもてを影が行く棺を運ぶ男の影が

半刻を過ぎゆき扉開かれて白骨は壺に納まりませり

昼の月

芽吹きたるおとうが森の右肩をまつかな夕日が今落つるとこ

スリッパの右と左を履き違へ足の感触たのし半日

さをとめの髪搔き上ぐる如くしてわが束ねやる水仙の葉を

昼なかを駅まで歩む白足袋の眩しかりけり水無月六日

イタリアの男《ウオーモ》はいいねと老友の電話に嘆《たん》ず旅より帰りて

大空に花房ひとつ抛《な》げあげて昼月となすニセアカシアは

あぢさゐに雨のそそげば昼過ぎを曇りガラスのうちの明るむ

三十年共に暮らせるこのひとの義歯《いれば》を箸につまめり吾は

紅を鎮めて

荒き息せずなりし顔覗き込む命尽くるを待ちてゐるかに

明け方の引き潮の時過ぎしころ寝入りけらしなベッドの脇に

泣きじゃくる赤子のごとく顔ゆがむ眠れる母に何よぎるらむ

死の淵に寄り行き戻りてやすらぐや眠れる母よたらちねの母

わが母の鼻の尖りも愛しけれ酸素マスクの曇りの中に

生かされて酸素マスクにあへぎつつ顎《あぎと》動けどなす術もなし

死に近きははそはの母の冷たき手包めばかなしその冷たさに

心拍のモニターの前離れ来て廊下のガラスに映る夕日よ

真夜中を九四歳の婆叫ぶ「たすけてくださいおかあちゃん」

死に近きわが母なれば言ひ淀む若き看護師休暇に入ると

○

二〇〇四年九月二五日　享年九〇歳

ひがんばな紅《べに》を鎮めて雨が降る火葬を終へて来たる車窓に

細り行く母の終末《をはり》の息づきの聞こゆるごとし夕ぐれの庭

狗尾草

狗尾草むきむきに穂を傾けて暑き日中の風に揺れつつ

蓮葉《はちすば》の裏にしひかりゆらぎつつ水のおもてを風渡りけり

茶を点つる背のまろらかさわが友に勤め上げたる喜びの見ゆ

マルメロの香のする部屋に目覚めたり夢を手繰るがごとくに居りつ

山法師《やまぐは》の紅葉を透きて朝の日は卓上の手にゆらぎつつあり

スコップの取つ手を枕に野良猫《ノラ》眠るハーブ抜きたる花壇の中に

冬の日の汀を犬と座りゐて花貝探す老いたるわれは

戸口にはアロエ一叢赤きはな人の住まねばのびのびとして

星ふたつ

トルコ　二〇〇四年十一月

ひだまりを立葵の花の紅《べに》凝る隊商宿《キャラバンサライ》の廃墟の庭に

星ふたつ落ちくるごとし山際のカッパドキアの暁のそら

朝顔の藍の花咲く川の辺にアイランといふヨーグルト飲む

立ち並ぶ集合住宅ベランダに色とりどりの絨毯を干す

運転席うしろの壜に挿す薔薇も咲きてこの朝アジアを渡る

無花果もハレムの宴に盛りにけむ厨房跡の古伊万里の皿

路地

ポルトガル　二〇〇五年一月

春近きドウロ川辺を家族《うから》行く仮装せる子をそれぞれ連れて

妖精にサッカー選手に仮装してをさなき子ども眩しくゆけり

路地行けば朽ちたる窓に物干せり幾代も経て家族住みけむ

汚れたる壁のタイルの緑《あを》深し地震《なゐ》耐へて来し三百年に

飾り窓

アムステルダム　二〇〇五年五月

白昼を寄り行きて飾り窓覗く旅の夫婦を咎むるものなし

オランダにわが知る花の八重桜雪柳また紫木蘭

砂丘

モロッコ　二〇〇六年二月

凍る夜の砂漠の月に結びしか薔薇のごとくに岩塩ひかる

わが腿に駱駝の腹の温かし夜の明けそむる砂丘《すなをか》ゆけば

Ⅱ

振り返れよと

二〇〇六年七月十四日　雅典　享年三四歳

捜索のヘリコプターを拝《をろが》めり夜明け渚に立ち竦みつつ

洗はれてたてかけられてゐる担架振り返れよと風の揺る音

亡骸を離れぬ吾を抱く夫のぬくもりのある腕も細りて

おもおもと子の骨壺の抱かるるうつろの眼《まなこ》のその恋人に

一人にては抱《かか》へがたけれ骨壺の母の腕にはあまりに重し

線香の燻り流るる網戸の外《と》けさも来て啼くウグヒスが二羽

朝庭のトマトとオクラ茄子胡瓜供ふる卓に蠟燭明る

再びを奏づることなき七本のベースたてかく香燻る間《ま》に

流れ来る安房白浜《あはしらはま》の海霧よ母の嘆きを包みくるるか

高波の寄せ来る渚に目を凝らすもしや形見の流れ着くかと

荒磯の波にほどけし花束の離れずにあれよその岩の間を

昨日まで息子に血潮滾りしに曇る浜辺をカンナの咲《ひら》く

慰めの言葉は聞かずあかあかとカンナのはなの砂丘《すなをか》に咲く

子の棺送るがごとくつらなれり海辺の道の浜木綿の花

何処よりか黒揚羽蝶《くろあげは》きて窓に触る白骨《ほね》となりし子つれて帰れば

励ますと電話くれたる友の声遠く美しくその声響く

お別れに集まりくれし若人ら子の縁《えにし》にて懐かしきかな

耐へがたし愛しき者を逝かするは次はわたしを逝かせてください

朝ごとにハイビスカスの花ひらき夕べには落つ骨壺《こつがめ》の脇

哀しみは母のみならず身悶えつつ砂地に伏して恋人が泣く

残されてベースにシールのいろ褪せず「すべての武器を楽器に」とある

来む秋の寂しさ隠《こも》る風が吹く八月に入り涼しき今日は

悲しみをやらはんとてか草毟る暑き日中を夫の背濡れて

二人して作りしグラスのふくらみを摩《なづ》れば哀しその海の色

今宵飲むワイングラスに子の呼気《いき》の泡と残るをただにし見つむ

恋人もまた妹も欲しがりて末期《まつご》の胸のイルカの飾り

在りし日の息子の友ら呼ぶ聞けば　まあ　まさやん　まささん　ふじいさん

吾が嘆き知りてか夏の日盛りを欅の青葉散り敷く路に

スコップの先に抉《こ》じあぐ鈴蘭の根のちぎれゆく音を聞きつつ

身の芯を晒さるるごとき朝なれば湯飲み茶わんを手に当ててゐる

珊瑚の死骸

思ひ出のタイの海へ散骨　二〇〇六年十月

面差しの亡き子に似たる青年がタオの桟橋渡りゆく見ゆ

遠浅の海辺を黒き犬群れてしぶき輝く島の夜明けは

透き通る海の底なり白じろと重なりたるは珊瑚の死骸

藍深き波間に遺骨《ほね》を沈め来てにじむ眼に潮風が吹く

透く海に潜りて魚追ふときに幼き息子かたへに遊ぶ

長椅子に脳蕩《なづきとろ》くるごとくにも海風は吹く椰子の葉陰に

ほがらかに笑ひて夢に立ちたれば亡き子も今は安らぎにけむ

わが塀を越えて咲きたり笑ひ声重ぬるごとく凌霄花

ひまはりも百日草も抜きあげて土乾きたりわが庭隈《くま》は

はつかなる鬜に動く黒き毛のぬくもりはわが腕《かひな》の上に

ガラスのかけら

暮れはつる庭に一もと白百合の開ききらざる花つぼみ浮く

ともすれば前屈みになるわが背筋伸ばして残りの紅葉を仰ぐ

落ち葉敷く林が中を万両の白き実のこる骨片のごと

黒潮にもまれ来たれる青薄きガラスのかけら汀に光る

手袋に柚子の香りの移りけり枝切り落とし束ぬるときに

奥多摩の水菜一株その茎に紅葉ひと葉を挟みて来たる

竹藪を吹きぬくる風待ちて立つ波の遠鳴り聞こゆる道に

月の夜をもくれんの木の白く咲くあまたも翼飛び立つごとく

その名すら思ひ出せぬ草の芽のをちこちに萌ゆ春なりしかば

鶯の鳴き始めぬと便り来つ海辺の道は水仙咲くか

去年《こぞ》ここに犬引きし君は黄泉のくにまばゆき菜の花畑を行くか

潮騒の汀を五匹の犬駆けて犬の名を呼ぶ声のまぼろし

夜の窓を沈丁花の香入り来てわが御灯《みあか》りのかすかに揺るる

雨の夜のふぶく桜の重なりてアスファルト路《みち》白く冷えたり

痛みのごとく

繁りたる葉群の隙《ひま》を青空の光さしくる痛みのごとく

潮風に浜木綿の白華やぎて浜の小道を雨降りしきる

大降りの雨も止みたる浦磯にハマユフの白今年の夏も

大波の濁り波うつ砂浜は藻草覆へりにほひ放ちて

父と母と立ち尽くしたり荒磯に打ち寄する波それぞれに見て

お兄ちゃんが夢に出たよと聞くときに勢ひて問ふ母われおろか

切り取りし蓮華の茎は糸垂るる浄土にわれを導くごとく

静かなる昼を入り来る光《かげ》ありて紋白蝶がテラスにひとつ

からまつの幹這ひ上がる蔦あをし紅葉のころは天にとどくか

蜜吸ふや熊蜂ひとつ揺るる見ゆ萩の小花に縋る重みに

青空へ暑を吐くごとく百日紅高速道路に列なりて咲く

鬼胡桃三つばかりを掌のなかに音響かせて山道を行く

顔の毛に尾の毛に盗人萩つけて藪を出で来つ息はづませて

落葉松の梢は溶くるごとく見ゆ霧深まりて夜の林に

鶏頭の花ふかぶかと傾ぎたり農道沿ひを雨にぬれつつ

精米機の口より白米ほとばしり手を差し入れつぬくもりのある

捻挫して階段ゐざりつつ下るわれはも幼子楽しくなりぬ

表地にひびかぬやうに裾纏るひさかたぶりにわれ針持ちて

針の耳に糸を通すと幾度も秋の日差しの座布団の上

空低く浮きゐる鳶の嘴の曲がれるが見ゆわれの頭上に

折りとりし小菊の束にピラカンサ添へてささげつわが御仏に

小学校同窓会にて

友の名の出でて来ざれどこの人と道草をせし小川の浮かぶ

葎生《むぐらふ》に濃ゆきむらさきサルビアを移し植ゑしはをととしの春

じゃらんじゃらん　　マレーシア　二〇〇七年二月

蓮華咲くエントランスに出で来ればまともに暑き湿りをぞ浴ぶ

光透く扉を押してたちまちに空気は暑し瓶に咲く蓮花《はす》

赤道下昼の日差しを夫とゆくじゃらんじゃらん*と日傘をさして
*マレー語で散歩の意

仰ぎたる空には花の泡たちてじゃからんだ咲くさくらのいろに

熱帯の風に吹かれて覗き込むキャノンボールツリーの花を

石段を汗して登り来しところマラッカ海峡風吹きわたる

オランウータン保護地区にて

紙おむつしてうつぶせ寝ガラス越しに人の育つる猩々の子は

斑鳩の道

むらさきの熟るる無花果一山に二百円入れて斑鳩の道

一山の慈姑《くわゐ》のあをを買ひて提ぐ混み合ふ京の錦市場に

ぶぶうなぎ京の土産に買ひて来てぶぶかけて食ふひとりの昼餉

嚙み跡の解《ほぐ》るるスリッパ捨てもせず揃へて行けり玄関の床

床板にわが立つ影の大きかり居間の玻璃戸に凭れて立てば

骨踏む音

からまつの冬の林に踏む枝の音は骨踏む音と聞きつつ

笹を踏み枯れ木を跨ぎ藪を分く道を外すといふは楽しき

朝の日をまぶしく反す野の雪はかの夏の日に撫でし冷たさ

春の夜をこたつ布団に竈馬小さく飛べり命を継ぎて

パンジーの花食ひつくしし鹿なりや角落ちてをり朝あけの庭

Tシャツの首にまとはる蛾を打てず誰か転生したると思《も》へば

葉桜の枝の高さにかかれるはいかなる鳥の親のゆりかご

気がかりの因《もと》を引き抜きゆくごとく根こそぎにせり庭の笹の芽

抜き捨てし笹積む山に雨降れば葉の勢ひの蘇りたる

しゃんぷーの嫌ひな犬にしゃんぷーに行くと言ひおき玄関を出る

靴脱ぐや跳びつき鼻を舐めむとすかくも欣ぶことひとはせず

日の経てば病ひ癒ゆるとなだめつつ今日の十首を書き写したり

大いなる南瓜の腹の種を掻く南瓜を獲物のごとくに据ゑて

細切れにたたく南瓜は俎板を飛び跳ねて落つ床に音して

ガンガー　　　　　　北インド　二〇〇九年二月

生みし子を背負ふがごとくリュック負ひインドに発てり娘と二人

坂道を引きつつ上る背の薄し人力車代二十円なり

吹き抜くるインドの風の爽やかさ路地のハウスの窓開け放つ

路塞ぎ佇む牛の何を見るかがやきのなき静けき眼

抱く赤子つつきて泣かし手を出して物乞ふ母の眼差し強し

色褪するサリーを纏ふ女らはどこに運ばる荷台に立ちて
ガンガーの砂州のかなたを日はのぼる黒き川面に照り輝きて
ガンガーの緑の水にゆるゆると息子の御骨流れ沈みき

「イツモママノココロノナカニイルヨ」ボート漕ぐ若者われを慰めんとて

ホームに立ったが列車をキャンセルする

ガンガーに呼び戻されて河面の夕暮れ静か沐浴場《ガート》に坐せば

「輪廻転生より今のことでせいいっぱい」シルク店主《あるじ》沐浴場《ガート》に坐る

デリー空港

着飾つて群れ集ひたる日本人わが同胞の驕れる顔よ

楓橋夜泊

上海日本人居住地に姪の一家を訪ねる　二〇〇九年十一月

ほんきこくいちじきこくと事も無げに七つにならぬ子が言ひ分くる

蘇州寒山寺

押韻の響き美し石碑《いしぶみ》の楓橋夜泊《ふうけうやはく》耳にし聴けば

鈴懸

ウズベキスタン　二〇一〇年五月

古代ホレズム王国の城跡《カラ》

いつよりか砂漠の雀住みつきて粘土の城の壁穿ちたり

アムダリア川の浮橋渡り来て他界の青さアヤズ・カラの天《そら》

タマリスク咲く草陰にかがみつつ尿《しと》せりわれは砂漠の土に

キャラバンは二十日かかりし道程を楽《がく》聞きながらバスに半日

巨いなる鈴懸の陰に休らへり汗を拭きつつこの鈴懸に

綿雲にわが逝きし子の面影のうかびぬトプラク・カラの青空

これの世の終の旅行と来しかども再び行かむうたにも詠まむ

新年の空

襟元を吹き来る風の朝冷えて金木犀の香をふくみたる

南天の実もおほかたは啄まれ影長く引く師走の庭に

新年の空のたかどの望月をしまらく仰ぐ犬を止《とど》めて

をちこちを香《かう》の燻りの漂へり奥つ城どころに新年の来て

奥つ城に香の燻りのわが方へなづさひよれば離れがたしも

星のたより

高層の間《あはひ》を鴉飛び交へりこころ塞ぎて臥すひとの窓

七十歳生きてこころを病む人を見て帰路《かへりぢ》の長き地下道

雨雲は過ぎ去りゆけばわが影の顕れ出づる舗道のうへに

コラーゲン、ヒアルロン酸、グルコサミン四十二階のお茶呑み話

昨《きぞ》の夜の星のたよりか露草のむらさき七つ朝のさ庭に

紫陽花に雨のしぶける六月は海鳴りの音聞こえ来るごと

嘆けとて今宵も雨の天の川七月七日生《あ》れし息子を

電線に一羽の鳩の輪郭の浮かびてありき晩夏の光

待ち侘ぶる幼子のごと夕暮れの三叉路に立つ犬を曳く人

無農薬新米の袋持ちて来て田の草取りが辛いと言へり

「菜の花育ち」といふ新米の一袋持ち来てくれつ亡き子の縁《よすが》に

夏の日の残光の散るごとくにて彼岸花咲く狭山の丘に

夢の続き

暁の山の木の葉を打つ雨の音の乱れに寝られずわれは

たはむれに手折らむとして根まで抜く節黒仙翁朱《あけ》の花びら

百日紅《さるすべり》重々としてなまめけり黄昏月の空のこずゑは

ひさかたの昼の光の携帯電話《けいたい》に聞こゆる声の若やぎてあり

目覚むれば山霧包むわが窓辺夢の続きに戻れとばかり

古都の時雨

若き日の恋などおもふ野の道に弾けさせつつ爪紅の実を

洛西《らくさい》の竹の径《こみち》を歩みつつ青竹の肌に触るる冷たさ

篁をひよどり二つ縺れ出で戦ひのごとき愛の交はり

仏牙寺《ぶつげじ》に仏牙の謂れ読み上げて互みの声の外は聞こえず

秋篠のみ寺を出でて草叢のねこじやらし結ぶ幼くわれは

いまさらに南蛮煙管《なんばんぎせる》花咲くか六十六の当尾路《とをのぢ》の秋

上着《コート》まで濡れよとばかり降る雨の古都の夕べを別れ来にけり

垂氷

雪の夜のカラマツ林の山荘にひとつ灯りのあたたかく見ゆ

公孫樹《いちやう》落葉踏みつつ行けば足もとをゆつくり戻るその黄の窪み

冬窓を入り来るひかり届かざり安楽椅子のわが足もとに

冬の日に布団干したり気塞ぎの昨夜《きぞ》を籠れる布団一組

あくがれて冬の山際ながむれば残照いよよ紅を増す

雪上にカラマツの幹の影伸びて八《や》ヶ岳《つ》の林に春さりにけり

北窓に列なるつらら傾きて昨夜《ゆふべ》は風の吹き荒びたる

わが思ひ封じ込むるがごとくにて垂氷は軒に昨日もけふも

これの世の塵ことごとく篩《ふる》ひしか真青に澄む八《や》ケ岳《つ》の冬空

消息

芳しき息はく虫はいづこ飛ぶカサブランカの花喰ひしのち

夏萩の疎らなる紅うひうひし今からを咲く萩もありなむ

乾きゆく花バジリコの吊されてわれにもありし香を放つ過去

消息を道に問はれて応へしが歩き出でむとして涙滲《し》む

西窓の冬の日差しに温もりてコントラバスの影ひとつ立つ

自転車の輪の影を濃く走らせて父と男《を》の子のいづくまで行く

夫洗ふ犬をタオルに抱きとれば湿るぬくもり甦り来ぬ

珈琲のポットに残るぬくもりを抱へて立てり秋雨の窓

背に触るるわが犬ぬくし暁の布団のなかに寝息聞こえて

声にして徒然草を読む窓に鵯《ひよ》近く来て頭を傾ぐ

牡丹の今朝はくづれて卓の上花びら紅き嵩の静もり

九州の語尾のなまりが聞こえ来るバリトンの声老いてあれども

凌霄花

凌霄花《のうぜんか》ぽたりぽたりと散りぼひて息子の逝きし夏廻り来ぬ

詠はねば詠へなくなる六年の悲しみ凝《こご》る吾が身も老いて

「まあ、だけど」電話はいつも始まりき荒磯波の寄る見下ろせば

十歳の汝が作りし土の鈴ドラえもんの顔今も笑つてる

母さんと呼ぶ声のして草叢にくれなゐ揺らぐ花吾亦紅

遠富士を見つつ下れば白じろと畑に充ちて蕎麦むぎの花

無沙汰なる兄病みにしと聞きてより胸ひとところ小石置くごと

久しぶりに電話に兄の声聞けば晩年の父ふつふつと浮く

一折の柿の葉寿司をたひらげぬ兄よ余命など知ることなかれ

夏の野に蝶追ふ兄のまぼろしよ妹吾れは虫籠《むしこ》ぶらさぐ

『一握の砂』見返しに兄よりと記しありにき稚きわが字

シシウド

霧ケ峰ゆく傍らに咲く花は名を「シシウド」とスマホは教ふ

弦楽器それぞれに負ふ若人の三々五々に山荘に入る

合宿の学生奏づるバイオリン夏の木立を流れきたれり

病む犬は遠き眼に凌ぎをり夏のからまつ木陰の庭に

ミヅナラの繁りの暗き幹のぼり行きつきて栗鼠さかしまに降る

キッチンのわれの手元のかげりつつ雲ながれゆくからまつの空

朝明けに驟雨来りてひと夏の網戸の汚れ洗ひ流せり

朝明けをアサガホの藍ゆるびつつ雨に濡れをり秋が来てゐる

十月の風に降《くだ》れる欅の葉一葉《ひとは》が胸に打ち当たり落つ

足もとに風の運べる一つ葉の蔦の紅葉を手に掬ひ上ぐ

それぞれに老いの病を言ひながら親族控室に式を待つ

つぶ雪

流氷原飛び立つ鷲の尾の白さ消えゆきにけりオホーツクの空

エゾシカの肢をふんばる後姿《うしろ》見ゆ雪の樹林に樹皮剝がさむと

吹きすさぶ風の岬に寒立馬《かんだちめ》五頭相寄り草を食みをり

海峡の風に吹かれて首垂るる馬のししむら満ちみちてあり

白波の荒波撮らむとする頬を津軽の雪のつぶ雪が打つ

ポン・ヌフの橋　　　　　　パリ　二〇一一年十一月

犬ふたつ脇に眠らせ坐りたり物乞ひ若く媚あらぬ面《おも》

「マダァム！」の響きよろしもオペラ通り歩き疲れてカフェに入れば

スズカケの実の垂る街樹仰ぐときパリの碧空シャガールのあを

きんいろに音して落ち葉するだらうスズカケ並木漲る黄葉《もみぢ》

鈴懸の黄葉の照りの染む水を見つつ渡れりポン・ヌフの橋

乾季

カンボジア　二〇一二年一月

内戦の残す地雷の森さへも開墾なすとぞ土地なき者は

水量の乾季の減りにみづうみを少年歩く魚拾ひつつ

アンコールワット

欄干となりたる蛇神《ナーガ》石像は苔むす頭九つ擡ぐ

参道を物悲しらに奏づるは地雷に脚を失ひし男《ひと》

タ・プロムの壁の隙間に割り込みて石喰ふガジュマル何百歳か

竹琴《ちくきん》の澄み渡る楽「赤とんぼ」参道戻るわれらに奏づ

天幕

チュニジア　二〇一二年四月

ベルベルの穴倉の部屋に覚めたれば朝を囀るクロウタドリが

わが旅の道連れ十人座りたり古代ローマの石のトイレに

われ乗する駱駝の睫毛翳りつつサハラ砂丘を日は沈みゆく

天幕を張りたる宿にて熟睡《うまい》せり出で入り口は紐に結はへて

遥遥《はろはろ》とサハラ砂礫のひとところ青き花咲く雫《こぼ》るるがごと

菩提樹

ネパール　二〇一三年二月

ヒマラヤの落暉を見むと息切らす山の細道穴ぼこ多し

夕つ日に神のごとくに顕はるるヒマラヤの山あはあはとして

真夜中は停電なれば渡されし湯たんぽを抱くぬくもり恋ひて

朝靄の薄れゆく村遠く見てバスに走れりつづらをりの路

すれ違ふ乗り合ひバスは若きらを屋根に載せつつ山越えて行く

タマン族の村

牛がゐて鶏がゐて山羊がゐて井戸端に濯ぐサリー幾枚

カトマンズ市街にバイク行き交へば菩提樹の葉に土埃積む

Ⅲ

春昼

元旦を日のゆるゆると昇り来ていま落葉松の幹に宿れり

新年《にひとし》の八《や》ケ岳《つ》の颪にはためけり「三分《さんぶ》一湧水《いちゆうすい》そば」の幟は

山荘に二日は過ぎて山雀《やまがら》の一羽来《き》たれば次々と来る

餌台のひまはりの種啄みて小枝に飛べば次の鳥来る

こころもち膨らかなる胎撫でながら娘歩み来春日浴びつつ

沈丁花《ぢんちやう》の香を両の手に抱へきて大瓶に挿す春昼《しゆんちう》の部屋

夕つ日に紅く膨らむ花桃を仰ぎ見つまた振り返りつつ

滴りのほたるぶくろのももいろを路地に見て立つ傘畳むとき

歌友の書道展

気負ひなき筆の運びを近寄りてまた離れてはつくづくと見つ

墨のいろやはらかくして良寛の翁笑まふを見るがごとくに

墨痕の淡々として深みあり掛け軸は「草庵雪夜作」

夏の庭

わが皿に艶めく枇杷の種三つしばし見てをり頬杖しつつ

独り居の居間にて遺影におのづから話しかけつつふと言葉呑む

ゆらゆらと黒潮に透くひかり浴び汝が魂のいづへにあるや

チャーリー・ヘイデン久しく聴かずＣＤの並ぶ息子の部屋に来て立つ

日は翳り窓掛けひらけば初生りのゴーヤーひとつ風にゆれをり

夏の庭ヒヤクニチサウの咲き初めて稚《やや》の声聞く日も遠からじ

陣痛の始まる娘に行く路を照らすこよひの十三夜月

泣き止まぬ赤子に娘の戸惑ひて吾に向けたる顔のかはゆし

抱く腕に飽かず見てをり嬰児《みどりご》にわが子三人《みたり》の面影見つつ

紙おむつ換へむとすればわが手元覚束なしと娘の代はる

抱《いだ》くべし抱《だ》き上ぐるべしニンゲンの両手両足振るひて泣けば

冬木原

冬庭のひとところにて息吹見ゆ蕗の円葉のわかみどりいろ

青天を枯れ葉幾ひら流れつつ朝のひかりをきらきら反す

雪残る森の小道に後れたる吾を振り返り駆け戻り来る

冬木原駆けきてあへぐ顎の毛に枯れ葉のいくつぶらさげてをり

新年の朝餉の卓に稚《やや》のこゑその窓の外を色鳥は啼く

三つ星を冬木の枝に吊り下げて山の夜更けの静かなりけり

ひと夜さを降りたる雪のやはらかく水仙の花閉ぢ込めにけり

ふかふかと積みたる雪に水仙の白き鎮もり花の四五本

水仙の茎の高さに積む雪を払へば花のふたつが寒し

頑なの己がこころを見る如し汚れて凍る道端の雪

野良猫の蹲る影しづかなり雪降る夕べお勝手口に

子の御魂いづれの枝に微笑むや桜葬墓地花盛りなり

掌《てのひら》に載りたるさくらひとひらは木下に生くる息子の魂《たま》か

捩花《ねぢばな》は墓地の芝生にほの紅し息子の後を八年生きて

芽吹きそむるカラマツ林の奥にしてふとんをたたく音のしまらく

山路来て芭蕉《はせを》詠みたるすみれ草朽ち葉の間《あひ》のあはきむらさき

ゆふぐれの陰りをふくむもくれんの白きはなびら明日は散るべし

わかみどり野蒜の萌《もえ》の噴くところ足とどめたり朝《あした》のみちに

娘得てわれの作りしお雛様三十年前の面差し

春風に馬酔木の花のはねずいろ生家の庭の亡き母の声

秋海棠

秋雨のしくしくそそぐ秋海棠その淡紅《うすべに》のうなかぶしたり

散り敷ける葛の花いろ失するまでひた打ちしぶく山の驟雨は

美男とはかくあるものかつくづくと白樺に垂るサネカヅラ見つ

晩秋のひかりのごとく黄の蝶の飛びつつめぐる庭のむぐらを

遠からず冬迫る日のわが意思《おもひ》書き置かむとて小筆を下ろす

ご褒美の短歌手帳は白きまま汚してならずわがへなうたに

付箋付く歌集をふたたび開きては白き高嶺に出逢へるごとし

歳晩の庭の落ち葉の袋詰め暫し手を止む枯れ菊の香に

新年の卓の回《めぐ》りに椅子八つ寄せ並べたり家族《うから》らを待つ

元旦の居間をうからの笑ひ声犬抱く息子のまぼろしも見ゆ

這ひ這ひをやめて股より逆さ世界ぢつと見てをり口を結びて

大泣きの顔寝入る顔あくびする口を尖らす顔もかはゆし

年の瀬の磨き残しの姿見に息を吹きかくわが幼子と

縁石に座り込みたる一歳に倣へば舗道《みち》は冬日あまねし

握る手に余るどんぐり二粒を移して後ろのポケットに入る

歩行器を押すごとくして保育所へ乳母車押す冬の夕暮れ

「キミ、ダンドリガイイネ」夫褒むかつての部下もかくて働く

凍てつきしシャツを竿よりはづしけり八ケ岳颪《やつおろし》吹く昼のテラスに

冬畑に枯れ残りたる白菜のむきむきにして斬首のごとく

もそもそと朽ち葉のなかに七星瓢虫《ナナホシ》の赤きがくすむ春遠からじ

何をせむひとり居の昼三日過ぎキッチンに犬の水を飲む音

をみなごの胸に抱《かか》ふるあぢさゐは器の水の揺るるごとしも

七月のわが窓近く浜木綿のしぶきの白さ散形花序は

梅雨の間の繁りの庭の草を引く根の張る草も花残るをも

わが腕に犬は鼾を立て始む二泊三日の孫去りしかば

この夏も天上にある届けむと朝顔の蔓網に絡ます

世の音のなきまひるまを合歓の葉のなべて平たし寛ぐごとく

窓近き合歓の葉ずゑに白露の玉ころがして夏の雨降る

かなかなの声鳴き止みて立ち尽くす世のしがらみを断ちたるごとく

雷《いかづち》と雨と過ぎしに北天を星のひかりの息づきそめぬ

盆過ぎて甲斐の高原降る雨に蟬の声なし命尽きしや

ひと夏を天に近しき高原に過ごし来たりて痴れたるわれか

ひと夏を居らざる庭に草も木も繁り余りて吾を拒むごと

おのが虚《うろ》に引き込むごとく雑草を草のいのちを庭に抜きゆく

吾が残す魚《うを》に来もせず野良猫《ノラ》二世隣家に粒のフードを食ぶる

百匁柿

百匁柿《ひやくめかき》百個ばかりを皮をむき竿にし吊るす八ケ岳《やつ》のふもとに

晩秋の甲斐駒ケ岳夕つ日の照らすつぶらは柿の生干し

接骨木《にはとこ》の茂りなつかし葉を擂りて母は湿布をしてくれたりき

足痛みまた腰痛み臥すわれに犬は身を寄せ寝息をたつる

からまつの木末に積もる雪を吹きたまゆらの風翻りたる

落ち葉積む傾りを蕗の二葉三葉円きみどり葉見れどもあかず

子の家に夜半を目覚めて六階の窓に見下ろす街の灯りを

抱き上げてま白き富士を見せたれば寝起きのややの泣き止みにける

聖水

ルルド　二〇一四年五月

巡礼地ルルドの聖水《みづ》に手を洗ふ信仰うすき吾れにあれども

聖地なるルルドのちまたに若者は働いてをる物乞ひをして

学校に通ふ権利と義務と持てど移民の子らは日々物乞ひす

光差すステンドグラスの青仰ぐ天国と地獄の絵に倦みし目は

フランスの五月の空を柳絮吹く伸ばすわが手をふはりと逃げて

犬橇

アラスカ　二〇一四年九月

アラスカをわれは見に来つ永久凍土《ツンドラ》をおほへる蘚苔《こけ》のからくれなゐを

黄葉のデナリの森の幌馬車にずり落ちさうな膝掛け押さふ

犬橇の犬百匹は繋がれて己が寝箱の屋根に日を浴ぶ

青き照りもろともに海へ崩れ落つ二百年を経たる氷河は

夏の離宮

スペイン　二〇一五年四月

咲き満つる花の倭《やまと》を見下ろして地球を西へ飛び立ちにけり

ガウディのつくるベンチに仰ぎたり青遥遥《はろはろ》とスペインの空

白鈍き羽根の回れる発電機ドン・キホーテも素通りすべし

敷石のくぼみに花を吹き寄せてトレドの街は風つよかりき

白藤のそよぎのごとき水の音四方にし奏づ夏の離宮は

密林

ベトナム　二〇一六年一月

メコン川くらき面に落ちさうな下弦の月の紅きふくらみ

船べりのわが貌に寄るほうたるは誰《た》が魂か飛びて離れず

暗闇のメコンデルタの岸の辺に浮く塵《ごみ》あまた船の明かりに

ベトコンの造つたクチトンネル

身を屈め這ひつつ行けどたちまちに息苦しくなるトンネルの闇

密林に残す戦車のつやめきて観光客の手に触れらるる

北イタリア　二〇一六年十一月

栈橋

トリュフの香ただよふ市を出でてきて月の光の石道を行く

ジェノバ港

夕ぐれの水面青き栈橋をかもめ飛び交ふ翼ひらきて

窓覆ひ引けば朝明《あさけ》をかがよひて迫るは雪のアルプス山脈

空白の額縁壁に飾られてフランス軍が持ち去りしとぞ

霜を踏み落ち葉を踏めばここをゆく軍靴の響きいくたびならむ

鎮魂歌

わが憂ひ閉ぢ込むるがに朝霧はくだりきたれり冬のはやしに

餌台にひまはりの種くはへては雨のこずゑに飛ぶ四十雀

湿りたる枯れ葉のなかに葱青む三寸ほどに葉の並み立ちて

からまつのこずゑを風のおしなびきあらはにぞ見ゆ巣のハンガーは

五分咲きの辛夷の花の純白の香をぞ吸はむと手に引き寄せぬ

拾ひ上げて寒緋桜の濃き紅の炎のいろを指にかざせり

舗装路を浮きつつさくら花びらのさまよふごとしさびしき白に

いちめんの菜の花畑の端にしてコインを落とし春きやべつ買ふ

そこかしこ白く縺れて蝶々の去りがたきかや生れし玉菜を

母の背におぶはれて見し朝のこと矢車草の青き花群

あぢさゐの毬とりどりに美しき帽子目深くあゆみ来たれば

夕風にのうぜんかづらの花揺れて立ち上りくる鎮魂歌《たましづめうた》

おのづから思ひの浮かぶアルバムに書棚整理の手は止まりたり

不用なる古き器を取り出して再び棚へ蘭の絵皿を

飛沫《しぶき》して岩に打ち寄する夏の波胸の底ひを逆巻くごとく

室温を目に確かむるこの夏も浜にカンナの花燃ゆるらむ

窓外の欅青葉を見遣りつつわが来し方も諾はむかな

誕生を見届けて寝るわが部屋にこよひ望月ひかりの及ぶ

送迎は祖母《ばば》の役目となりてより暑き朝《あした》もしつかり食ぶる

笑はせて開く幼の口中にキャベツを入るるチキンも入るる

お隣の百日紅さへ散らすかにひたすらに泣く二歳の女《め》の子

魚食べてお勝手口にしばらくを毛づくろふ影見えてありたり

スコップの先に庭土掘り返す老いのおのれが心ほぐして

臥すること三月《みつき》余りに逝きにけりすべもあらずも天寿はありて

別れ来てひとりゆきつつ八月の高はらに聞く松かぜの音

夜の更けを窓を開けばかすかにも風にのり来る花縮砂《はなしゆくしや》の香

門司の言葉

朝顔や遅れ咲きたる薄紅をたたきてぬらす九月の雨が

切り株の虚《うろ》を満たして降りしきる並木の朝の長月の雨

菩提寺に法事の読経する声の震へ止まざり僧侶も老いて

しはがるる声に説法するひとの門司の言葉のなつかしきかな

ふるさとに法要終へて老姉妹語らひ尽きず夜の枕辺

濃き霧のすつぽりおほふ関門のニュース映像橋さへ見えず

枝先に残る無花果もぎて食ぶ秋のふるさと幼児のごと

大和川

神戸の友の茶室

床の間の掛け軸の書を声にしてわが読み下す「得意淡然」

湯を戻す柄杓を置けば釣り釜のかすかにゆれて春の夕ぐれ

大橋の明かりを見つつ船見つつ幼なじみの友はたのしき

大和川流れに映る夕明かり見下ろして立つ病む人の窓

連れ立てば口もこころも弾みけり葬儀に向かふ列車の席に

八十歳《はちじふ》の経帷子に重ねたりタイガースのユニホームまたその帽子

絵草子

膝に抱き読みて聞かせし絵草子の色あせもせず三十年経て

手を離れ駆けてゆく児にいちやうの葉降りしきるなり幸ひのごと

幼きと並びてふらここ漕ぎにけり百を数へてその先もなほ

満天星の紅葉極まる秋の日の夕かたまけて玻璃戸燃やせり

北極圏

スウエーデン、ノルウエー　二〇一七年八月

しろじろと氷河の残るアビスコの山なみに雲白く触れ行く

アビスコの湿る岩地に群れたるは綿毛となりし長之助草《ちやうのすけさう》

ニューラ山上るリフトにふり返り見れば圏谷《カール》の氷雪の白

下りゆくリフトに霧の晴れゆけば枝に大きな梟の貌

鮮苔《こけ》もみぢ極まるアビスコ歩みゆくベリーの木の実摘みては食みて

秋草のいろいろの花その隙《ひま》に苔桃の実のくれなゐの照り

アビスコの氷河融けたる青水沫巌の淵に見下ろして立つ

砂浜にわれは坐りて真向かへり波のかなたは大西洋か

オーロラの始まる空のうすみどり夜深き窓の覆ひ上ぐれば

海底のトンネル抜けてまた橋を渡りて漁村「Å《オー》」へと向かふ

タラ漁の不振続けば漁師小屋《ロルブー》はペンキを塗りて旅宿になすと

目を閉づる馬の貌あり北国の晩夏の日差し愛《を》しみてゐるや

フィヨルドの空の紅蓮の朝焼けは水面に揺らぐムンクの紅《あか》に

雲海にばらいろに照る満月を窓に見てをり天行くわれは

犬の包帯

夕立の降り過ぎしのちの水たまり葛の花びらいろの新たし

この日ごろ庭も掃かねば凌霄花散りかさなれり夏の日あびて

行きなれし林にふとも立ち止まる虚ろなる目に老いたる犬は

諍ひもなかりしごとく二人して病みたる犬の包帯換ふる

「あとでごほうび」繰り返しなだめつつ肢に包帯巻き付けていく

見えぬ目をみひらきながらキッチンに吾《あ》の後を追ふよろめく肢に

ラヴィ十二歳　二〇一七年九月十四日

痙攣に身を捩りつつわが腿に頭《づ》を寄せ来たりし別れ告げしや

風花

二匹して落ち葉を駆くる足音の立ち昇るごとし晩秋の道

嵩高き落ち葉を搔けばどんぐりの湿る顔出《い》づぬくぬくと見ゆ

山荘のテラスに飛び交ふ影あればヒマハリを盛るいつもの皿に

甲斐駒に雪降るらしも風花はひかりと遊ぶわがテラスにて

枯れ枝に空《から》の鳥の巣ひとつ見ゆ今朝は小雪の降りかかりをり

キネズミが雪のテラスにしばらくを鳥の餌《ゑ》を食む雪散らしつつ

自動車の光の前を鹿よぎる雪の深さにひもじくなるか

パキラの葉ことごとく枯れ散りてあり十日の留守に冷えたる居間に

新年《にひとし》の月照らす路歩み行く犬を連れざるわれのくつおと

正月も静かになりし三日目を北風が吹く窓戸たたきて

ことごとく庭の南天啄みし赤き小鳥はいづくを飛ぶや

枝それぞれ蔕を残して柿一木ほこらかに立つ冬青空に

わが枝を払ふ隣の木に止まり何してるのと問ふジョウビタキ

梅の木にヒタキ写すと構ふれば枝にひと飛び垣にひと飛び

かたくなに散歩の道を違へざる犬を抱へて紅梅に寄る

月かげをあふぎて佇てばうしろより白梅匂ふ風のまにまに

あかときはわれの布団を犬の踏む音と聞きつつまどろみにけり

バス降りて見れば欅のことごとく深伐りされて幹突つ立てり

裸木の影を越えつつ歩みゆきよこしまの思ひいつしか失せぬ

水仙の葉群束ねて独り言《ご》つ来む年こそは花咲かせよと

春風のころとはなりて水の面に蟇蛙《ひき》の目玉の出でたるが見ゆ

若かりし息子と犬と歩きにし矢川に鴨ら群れてただよふ

ナップザック手をつつこみて餌《ゑ》を出すとするをあふげり鳩はいちづに

益田二首

春の日の三里ケ浜に白波の奏づる楽《がく》は小石曳きつつ

ひたぶるに小石を鳴らす引き波の浜の楽の音こころを去らず

跋

阿木津　英

夫の背のぬくもりを背にまどろめりずり落つる屋根の雪を聞きつつ

朝日カルチャーセンター立川教室に来はじめた頃、藤井征子さんは、こんな歌を出して皆の心を浮き立たせてくれた。満ち足りた幸せな日々の生活がうかがわれるような歌である。子どもたちは成長したが、可愛い犬がいる。藤井さんは、栗鼠をうたい、猫をうたい、小鳥をうたうが、いちばん好きなのは犬らしい。それから、植物をうたい、旅で出会った少女をうたう。

旅支度する足もとにわが犬はくはへしボール遊べと落とす
ラマ寺のガイドの少女あいらしきひたむきに述べて鼻に息吸ふ
わが足を追ひ疲れしか猫の仔はスリッパに縋り眠り込みたり
さをとめの髪搔き上ぐる如くしてわが束ねやる水仙の葉を
靴脱ぐや跳びつき鼻を舐めむとすかくも欣ぶことひとはせず

わが枝を払ふ隣の木に止まり何してるのと問ふジョウビタキ

たまたま目についたものを引いたが、この歌集のどこにも、愛らしい生きものの姿がある。花どきの終わった水仙の葉を「さをとめの髪掻き上ぐる如くして」掻き上げる仕草には、幼い娘の髪を束ねてやった手の記憶がよみがえったのかもしれない。「何してるのと問ふジョウビタキ」は、擬人化というより小鳥語が聞こえたというふうである。

このような歌の根源にあるものを何と言えばよいのだろう。慈愛とかいつくしみとか言いあらわしてみるが、どうもしっくり来ない。もちろん「母性」などといった概念で漉されたものでもない。すぐ傍にいる通じ合う存在といった感じがするのである。これもアニミズムなどと言ってしまうと、また何だかことごとしい。

あらゆる生きものに隔てのない心。区別立てしない心。そのように、藤井征子さんの歌の本質を言ってみようかと思う。外国旅行が好きで、世界中を旅した歌がたくさん入っているが、それもこの「区別立てしない心」が働いているのかもしれない。

だが、どんな幸せな日々のなかにも一筋の悲しみは綯い混ざっているものだ。

今日の日をわれの帰ると知りたるか母の眼に涙滲《し》み出づ

細り行く母の終末《をはり》の息づきの聞こゆるごとし夕ぐれの庭

藤井さんは、関門海峡を見わたす門司の生まれだが、施設にいる母を見舞いにおりおり帰っていた。その帰省も、終わる日が来た。

わが犬の墓に植ゑたるそよごの木春の嵐に泣くごとく揺る

長いあいだ共に暮らした犬の死は、人と同じように——しばしばそれよりもいっそう悲しい。「そよご」という音がうつくしく、この歌を読むときいつもビリー・ホリディの「willow weep for me」がわたしの耳に聞こえて、胸を揺すぶられる。
こうした日々に、思いがけない運命の一撃がやってきた。海が好きだった息子の事故死である。

耐へがたし愛しき者を逝かするは次はわたしを逝かせてください
哀しみは母のみならず身悶えつつ砂地に伏して恋人が泣く
悲しみをやらはんとてか草髦る暑き日中を夫の背濡れて
スコップの先に抉《こ》じあぐ鈴蘭の根のちぎれゆく音を聞きつつ
繁りたる葉群の隙《ひま》を青空の光さしくる痛みのごとく

まだ若い息子を死なせた痛撃はたとえようもなく深い。庭仕事をするときにも根のちぎれる音に痛みを覚え、葉群の間の青い光にも痛みを覚える。

この歌集のⅡよりあとの歌には、日々のおりふしに突如として現れる痛みの記憶が、気づく人だけが気づくといったふうにひそやかに点綴されている。

それほどの悲痛もやがてゆるぶ日が来た。

こころもち膨らかなる胎撫でながら娘歩み来春日浴びつつ

新しい生命を得て、初めて安堵したかのように、歌が明るい。娘は、かの夏の日の歌「恋人もまた妹も欲しがりて末期《まつご》の胸のイルカの飾り」、その冷えきった胸につけていたイルカのペンダントを欲しがった「妹」であろう。ガンジス川にともに散骨に行ってくれた娘でもある。そんな娘の受胎はかくべつの回復の力をもつかのようだ。

ゆらゆらと黒潮に透くひかり浴び汝が魂のいづへにあるや

もちろん、忘れられはしないが、ゆるやかに受容できる時が来た。耐えがたい運命の一撃だったが、藤井さんの根源にある生あるものに隔てのない心は、翳りを帯びることによって、いっそう複雑にゆたかに繁っていったはずである。

二〇一九年五月五日　青葉の明るい日に

あとがき

『夏の庭』は、一九九七年四月以来「あまだむ」および「八雁」に発表した作品から五六〇余首を選び、ほぼ制作順に編んだ私の第一歌集である。

振り返ってみると短歌を学び始めて早くも二十二年になろうとしている。短歌と言えば石川啄木の歌集を読んだくらいの私であったのに、子育てが一段落した頃、近くに朝日カルチャーセンター立川があることで短歌教室に入会、阿木津英氏の指導を受けるようになった。短歌のリズムに言葉をのせることさえ遅々として教室ではうつむくばかりの私、挫折しかけたことも幾度あっただろう。しかし、日常生活の中で、自然の中で、またたびたび出かけた旅行先で、自ずと歌の種を見つけようと心の目を凝らすようになり、そのことが生活の張りをもたらし、旅の楽しさをさらに増すことにつながった。苦しみを伴なうものでもあったが、言葉を紡ぐよろこびを知るようになり、阿木津氏の適切な指導で一首となった嬉しさは格別であった。

そのような日々のある日、次男が海で高波にのまれて亡くなった。悲しみにひしがれている私を救ってくれたのはやはり短歌を詠むことだった。「悲しみの器」に盛る言葉を探すことは生前の息子に逢うことであった。息子はいくたびも立ち顕れてくれた。

こうして詠んだ個人的な感傷の歌の数々を歌集として出すことに長くためらいがあったが、この夏は逝って十三年になる。そして、私も後期高齢者の仲間入りとなる。余生を思った時、上梓を決心した。

本歌集をまとめるにあたり、阿木津英氏にはご多忙にもかかわらずいろいろとご指導をいただき深く感謝している。厚くお礼申し上げたい。「立川教室」の皆様、「八雁」の皆様にもお礼を申し上げる。

また、現代短歌社の真野少様ありがとうございました。

今年もめぐってくる夏の庭には花々や木の葉に新しいいのちが生まれ、そして散っていくだろう。
拙い歌集ですが、ご笑覧いただけましたら幸いです。

二〇一九年三月十三日

藤井征子

著者略歴

藤井征子（ふじい・ゆくこ）

1944年　門司市（現北九州市門司区）に生れる
2004年　「あまだむ」入会
2012年　「八雁」創刊号より参加、現在に至る

歌集　夏の庭

発行日　二〇一九年七月七日
著　者　藤井征子
〒一八六―〇〇一一
東京都国立市谷保七―一―二―五
定　価　本体二五〇〇円＋税
発行人　真野　少
発　行　現代短歌社
〒一七一―〇〇三一
東京都豊島区目白二―八―一
電話　〇三―六九〇三―一四〇〇
発　売　三本木書院
〒六〇二―〇八六二
京都市上京区河原町通丸太町上る
出水町二八四
装　幀　田宮俊和
印　刷　日本ハイコム
製　本　新里製本所